LES
SUITES D'UN BAL

CHAMBÉRY

IMPRIMERIE C.-P. MÉNARD, RUE JUIVERIE.

—

1877

LES SUITES D'UN BAL

On parle beaucoup, depuis quelques jours, de la disparition d'une jeune femme qui appartient au meilleur monde et dont le mari porte un fort beau nom. Voilà 72 heures que la dame a déserté le domicile conjugal ; on la suppose en Angleterre et l'on cite le nom du jeune homme qui l'aurait enlevée. Tout ceci étant fort scabreux nous ne voulons donner aucun détail. Il suffit de montrer que nous connaissons le fait.

(Figaro du 8 mars 1875.)

CHAMBÉRY
1877
IMP. C.-P. MÉNARD

LES SUITES D'UN BAL

Un soir, j'étais au bal. Au son des violons
Les danseurs tournoyaient dans de vastes salons.
Le clan des jeunes gens, celui des jeunes filles,
Se mêlant, s'invitant pour les prochains quadrilles,
Echangeaient des regards, des sourires charmants,
Sous l'œil discret et clair des prudentes mamans.
Tout cela remuait, bourdonnait. — Les coquettes
Souriaient de se voir dans leurs fraîches toilettes,
Et les beaux cavaliers, qui leur faisaient la cour,
Comme des papillons voltigeaient à l'entour.

Le marquis d'Estourgeac avait bien fait les choses ;
Les lustres flamboyaient et les valseuses roses,
Dans un air parfumé d'exotiques senteurs,
Promenaient leur satin aux froufrous tentateurs.
Les serviteurs passaient apportant dans les groupes
Des sorbets et des fruits ; ils emplissaient les coupes
De ce cliquot mousseux qui vous monte au cerveau
Et donne pour polker un courage nouveau.

L'orchestre était parfait ; à ses accords rapides
Les plus vieux, les plus las se faisaient intrépides,
Tandis que, par moments, à ses molles langueurs
Doucement se berçaient les plus mâles vigueurs.
On eût dit qu'un démon fantaisiste ou qu'un ange
Tenait l'archet, réglant cette harmonie étrange
Sautillante, nerveuse, électrique, où les sons
Se pliaient, frémissants, à tous les unissons.

Parmi ce tourbillon de sylphides légères,
Greetchens aux blonds cheveux et brunes bayadères,
Aux épaules d'albâtre, aux bras nus, aux contours
Suavement drapés de gaze ou de velours,
Colibris mordorés, coquets, pimpants, frivoles,
Couverts de diamants ainsi que des idoles,
Une surtout passait, aux yeux des cavaliers,
Pour la reine du bal... Non qu'elle eût des colliers
Plus riches en joyaux, de plus fines dentelles,
De plus pompeux atours aux modes plus nouvelles,
Non qu'elle valsât mieux ; mais un charme secret
Semblait s'échapper d'elle et chacun l'admirait.
Qui de vous ne connaît ces beaux tableaux d'église
Où Murillo nous peint la Sainte-Vierge assise
Sur les ailes de feu des archanges vermeils
Qui l'emportent bien loin, par-delà les soleils.
Quels feux ! quels doux reflets de saphirs, de topazes !
Comme ces yeux sont pleins de clartés et d'extases !
Que cette lèvre est fraîche et que l'expression
De ce chaste visage est belle d'onction !
Regardez cette chair ; avez-vous, même en rêve,
Rien vu de plus uni chez une fille d'Ève ?

Où découvrirez-vous incarnat plus heureux ?
L'artiste, en le peignant, devait être amoureux.
Et ces mains où l'on voit courir sous l'épiderme
Le réseau souple et fin des veines qu'il renferme !
Et ce cou vaporeux, et ces deux bras rosés
Sur des seins virginaux modestement croisés !
Tout dans ces œuvres d'art nous émeut, nous entraîne :
C'est bien là des élus l'aimable souveraine.

J'ignorai quel était le nom de la beauté
Qui fixait tous les cœurs de ce bal enchanté ;
Mais je me rendis compte en véritable maître
Des sentiments divers qu'alors elle fit naître.
Je crus revoir en elle un vivant Murillo ;
C'était bien, en effet, les tons de son tableau,
La carnation douce et les formes exquises,
Et ce satin mêlé de pêches, de cerises ;
Mais là les deux portraits devenaient dissemblants :
Tandis que Murillo peint les yeux doux, tremblants,
Le sourire béat, l'expression divine,
Notre héroïne avait la lèvre libertine,
Finement ciselée et petite à plaisir
Comme un nid à baisers où gîte le désir.
Quand aux yeux bleu de mer, émeraudes vivantes,
Ils avaient des façons de parler fort savantes.
La gorge palpitait, la taille frémissait,
Et l'on eût pris la belle, alors qu'elle valsait,
Moins pour une madone en extase abîmée,
Que pour une houris, une mauresque almée.

Le fait est que chacun, du plus jeune au plus vieux,
Ebloui, fasciné, la dévorait des yeux !
Un murmure discret, un concert de louanges
Suivaient ses pas moelleux et ses façons étranges.
Soit qu'à travers le bal, de salon en salon,
Elle glissât légère, ainsi qu'un papillon ;
Soit que sur un sofa, mollement'étendue,
Elle fit entrevoir son épaule dodue,
Ou soit qu'elle tournât au.bras d'un cavalier,
On trouvait à la voir un charme singulier.
O magnétique effet des formes et des poses ,
Mystère des contours, éclat des couleurs roses,
Beauté, de l'être humain céleste expression. !
De l'idéal plastique et pure expansion ;
Beauté, rayon, parfum, électrique lumière
Qui luit dans le palais et la pauvre chaumière,
Effluve naturelle et qui ne s'acquiert pas,
Qu'on nomme tour à tour attraits, grâces, appas !
Quel empire est le tien ! C'est pour toi que respire
Le genre humain ; qu'il vit, rêve, pense, soupire ;
Qu'il travaille, qu'il fait ses chefs-d'œuvre divers,
Le peintre ses tableaux, le poète ses vers ;
Que le musicien compose, que l'artiste
Se grime, nous séduit, nous charme, nous attriste ;
Pour toi, l'ouvrier tisse au Thibet des tapis,
Des châles et partout des ouvrages exquis :
La soie aux vifs reflets, les rubans, les dentelles ;
L'oiseau donne pour toi les plumes de ses ailes,
Le mollusque sa perle et la mer son corail,
Golconde ses brillants, le grand-turc son sérail.

Revenons, s'il vous plait, à notre bayadère.
On commençait alors une valse légère,
Et je me faufilai parmi les curieux
Qui, pour la voir danser, se tassaient de leur mieux.
Connaissez-vous la valse ? Au bras d'une sylphide
Avez-vous, emporté par un mode rapide,
Tournoyé, gai tonton, jusqu'à l'essoufflement ?
Qui de vous n'a senti dans cet heureux moment
Son cœur battre et la main, qui presse sur la taille,
Trembler comme un poltron le jour d'une bataille.
Les yeux cherchent les yeux : l'haleine se confond,
On frôle des cheveux, des genoux ; on répond
Tout bas aux madrigaux ; on se fait des excuses
Qui sont des compliments et de petites ruses :
C'est enivrant, divin, délicieux, ma foi,
Et je voudrais toujours valser, si j'étais roi.

L'orchestre a préludé, chacun a pris sa place.
Allons, beaux cavaliers, en avant: qu'on s'enlace.
Ah ! voici le signal ! Dieu ! quel bruit ! quel fracas !
Plus fort, musiciens, on ne ne vous entend pas !
Mais quel est ce valseur qui tourne de la sorte
Au bras de cette brune, et quel démon l'emporte ?
Il se penche vers elle et parle ! que dit-il ?
Pour l'entendre il faudrait un tympan très-subtil.
Il rit, elle sourit ; à son tour elle cause ;
Cela n'a l'air de rien ou de fort peu de chose...
Approchons ! je voudrais savoir ce qu'elle dit :
Coquin d'orchestre, avec son vacarme maudit !
Que leurs bouches sont près l'une de l'autre ; il semble
Qu'ils s'étreignent les mains, que le cavalier tremble,

Que la dame rougit. Tiens ! c'est mon Murillo.
Où donc est son mari, son farouche Othello ?
Je plains, de tout mon cœur, ce très-cher et digne homme,
Car sa femme a des dents à bien croquer la pomme !
Son mari ! mais qui donc m'a dit qu'elle en eût un ?....
— Cher voisin (sans vouloir être trop importun),
Pourriez-vous m'indiquer le nom de cette femme ?
— Comment, vous l'ignorez ! C'est une grande dame,
L'épouse d'un baron jeune et riche qui croit
Qu'étant mari l'amour doit lui rester de droit ;
Que le cœur de sa femme est une marchandise
Dont il peut disposer comme il veut, à sa guise :
« J'en ai fait la conquête ; un serment solennel
« Me l'a lié, dit-il, aux pieds de l'Eternel.
« Rien ne peut l'arracher à l'étreinte fatale
« Qui l'enlace et briser la chaîne conjugale.
« Eh ! qui donc m'oserait ravir ce pur joyau ;
« Ne suis-je pas la loi, le juge et le bourreau ?
« Malheur à l'imprudent assez osé pour faire
« A ma charmante Olympe un aveu téméraire. »
— L'aime-t-il ? — On prétend qu'il l'aime à sa façon :
Il met des oripeaux au bout de l'hameçon,
Des robes, du clinquant ; mais, pour le reste, il pense
Que rien ne doit gêner sa joyeuse existence.
— C'est donc un déserteur du foyer conjugal ?
— A peu près ! Ce défaut devient général.
Quand Monsieur le baron a mis sa femme en cage
Avec du pain doré, du mil fin, du feuillage,
Il se dit : « C'est très-bien ! » puis à son club il va,
Et ne rentre qu'après le bal de l'Opéra.
Pour charmer les longueurs de l'heure qui s'écoule,
Pendant ce temps, que fait madame ? — Elle roucoule,

Fatigue son piano, fait des fleurs, bâille et dort.
Vers déux heures, Monsieur, mécontent de son sort,
Parce qu'il a perdu mille écus, fait la moue.
Madame a soif d'amour, soupire et tend la joue :
« Un tout petit baiser ! » Mais, quand on a veillé,
Un baiser ne rend pas ce qu'on a gaspillé ;
On est froid. Cela dure ainsi plusieurs années,
Plus ou moins ; du bonheur les roses sont fanées.
— Madame enfin se fâche et se dit, un matin,
Qu'il est bien beau d'avoir des robes en satin,
Mais, qu'à vingt ans, le cœur a besoin d'autre chose :
« Triste destin, dit-elle, existence morose,
« Comment sortir de là ! Voyons, expliquons-nous. »
On s'explique : Monsieur, qui sort d'un rendez-vous,
Encor tout rutilant, lève un front adultère ;
— Vous n'êtes pas contente ! Ah ! c'est très-mal, ma chère,
Que vous faut-il de plus ! Vos désirs sont ma loi ;
Vous manque-t-il de l'or, tout est à vous chez moi ;
Des bijoux, demandez ! des perles, des dentelles,
Parlez : j'en trouverai pour ce soir de plus belles,
Vous avez des chevaux. — Mais, Léon ! — C'est trop fort.
Ecoutez, voulez-vous que nous marchions d'accord,
Mon cher ange, passez d'un côté, moi de l'autre,
Oubliez mon chemin, j'oublierai le vôtre.
— Mon bon ami ! — Je suis attendu chez Brébant.
Bonjour ? » Olympe alors s'éloigne en soupirant.
Qu'arrive-t-il ? à bout de force, la pauvrette,
A demi se réveille et sort de sa cachette,
D'abord timidement : c'est le fruit défendu,
Puis plus fort, et bientôt se lance à corps perdu.
Des deux époux la honte en même temps s'émousse.
Or, pendant que sa belle aujourd'hui se trémousse,

Savez-vous ce que fait son mari ! Devinez ?
O crème des vieux fous et des prédestinés,
Dans le salon voisin, sans s'inquiéter d'elle,
Autour d'un tapis vert, il joue et se querelle :
« Je fais vingt, je fais cent, je râfle, j'ai gagné. »
De tout cela, mon cher, vous êtes indigné !
Le fait est vrai pourtant, venez je vous propose
De tout voir par vous-même et d'éclaircir la chose.

Nous laissons les danseurs tournoyer à l'envi.
Dans la salle de jeu, de mon ami suivi,
Je pénètre ! partout un bruit épouvantable ;
Les paris sont ouverts, les cartes sont sur table.
Vingt joueurs, l'œil hagard, inquiet, ténébreux,
Entourent le banquier qui forme les enjeux ;
— Pontez ! Messieurs, pontez ! chaque gousset s'entr'ouvre.
Je pose cent louis, — j'accepte et je les couvre.
— Et moi cent. — « C'est très-bien, pontez, pontez encor,
Bientôt le tapis vert est plein de louis d'or.
Le banquier, anxieux, attend l'heure et mélange
Les cartes en guettant cet or d'un air étrange ;
Enfin, tout est couvert, c'est le moment fatal,
Chaque joueur reçoit deux cartes ; leur total
Doit arriver à neuf ; neuf points c'est la fortune.
J'ai sept, dit un partner à la moustache brune —
Je fais huit. — Et moi neuf, j'abats. — L'heureux vainqueur
Adresse aux décavés un sourire moqueur,
Empoche — et disparaît. — Enfin saute la banque.
De rester au tripot, le courage me manque.
— Quel est donc ce banquier, dis-je, en fuyant de là.
— Vous cherchiez le mari, mon très-cher, le voilà.

Le bal touche à sa fin, et la foule frivole,
Comme un essaim d'oiseaux se disperse et s'envole.
L'orchestre sonne encore un dernier cotillon,
Enfin l'aube paraît, et, dans chaque salon
Se fanent les bouquets de ces fleurs exotiques,
Qui parfumaient les airs de senteurs érotiques.

Je rencontrai plus tard mon ami sur les quais.
Après les compliments, les saluts, les souhaits,
Nous parlâmes du bal et d'Olympe la belle :
Vous ne savez donc pas, me dit-il, la nouvelle,
Ils se sont enfuis. — Qui donc ? les tourtereaux,
Les deux valseurs ; l'oiselle a brisé ses barreaux
Et pris un beau matin son vol vers la montagne ;
L'oisillon dans les bois a suivi sa compagne,
— Et qu'a dit le mari de les voir s'envoler ?
— Il a laissé les gens le plaindre ou l'immoler,
Quant à lui. — Je devine un résultat tragique ? —
Il est devenu fou?...... de la dame de pique.

Dr BASIN.

LE CHAT

J'avais, écolier à Paris,
Une chambrette au quatrième,
Où les matous et les souris
Le soir faisaient sabbat extrême.

Il en venait de tous côtés
Les uns, vêtus de blanche hermine,
Les autres, noirs et veloutés,
Gros et gras, et de haute mine.

Certains miaulaient, le ventre creux,
Tristement, au clair de la lune,
Pendant que d'autres, plus heureux,
Semblaient être en bonne fortune.

Un gros chat noir ne manquait pas
De venir m'y rendre visite ;
Il s'avançait, à petit pas,
Le long des toits vers ma guérite.

Pendant que sur un in-quarto,
Le front pensif et l'air morose
Je songeai, le rusé Toto,
Contre moi, frottait son nez rose.

Ses grands yeux bruns me regardaient,
D'une façon fort sympathique,
Et leurs prunelles me dardaient,
Dans l'ombre, un rayon électrique.

« Ah ! c'est toi, beau minet, qui viens
« Troubler mon rêve et mon étude ;
« Sois bienvenu ! tu te souviens
« Du chemin de ma solitude.

« Dis-moi ! quel mobile a conduit
« Ici ta course aventureuse ?
« Si c'est l'amour qui t'as séduit,
« As-tu trouvé ton amoureuse ?

« Si c'est la chasse à mes gros rats,
« As-tu, dis-moi, fait bonne aubaine ?
« J'ai remarqué que leurs ébats
« Ont moins duré cette semaine.

« As-tu conçu de l'amitié
« Pour mon palais de pair de France ?
« Viens-tu, conduit par la pitié,
« Verser un baume à ma souffrance ?

« Tu n'y perdras rien, j'ai pour toi
« Gardé ce reste de potage,
« Cet os garni ; si j'étais roi
« Je pourrais t'offrir davantage.

« Mais tu sais qu'au pays latin
« La fortune a sa porte close ;
« Et que l'écolier libertin
« Vit heureux avec peu de chose.

— Mon matou, pendant ce sermon,
Faisait le tour de ma personne,
Accentuant, à plein poumon,
Son ronron, comme un vrai trombone.

« Jette, disait-il, dans un coin,
« Ce gros livre qui t'intéresse,
« Regarde-moi, je viens de loin
« Te demander une caresse.

« Ce matin, j'étais enfermé
« Auprès d'un bon feu qui flamboie,
« Dans un salon tout parfumé,
« Brodé d'or et tissu de soie.

« Ma maîtresse, blonde aux yeux doux,
« Sur mon dos passait sa main fine
« Et je trônai sur ses genoux
« Plus fier qu'un mandarin de Chine.

« Pour te revoir, j'ai tout quitté,
« J'ai fui de toiture en toiture ;
« Et recouvré ma liberté,
« Ce doux bienfait de la nature.

« — Mon petit chat, mon bon ami,
« Retourne vite à ta maîtresse,
« Sur ses genoux reste endormi
« Pour épier une caresse.

« Une caresse, ah ! rends-lui bien
« Tous les baisers qu'elle te donne,
« Dieu ! que ton sort n'est-il le mien,
« Hôte chéri d'une baronne.

« Imprègne-toi des chauds parfums
« De son corps et de ses dentelles ;
« Rapporte-moi dans tes yeux bruns
« Quelques rayons de ses prunelles

« Mais on dirait que tu m'entends ;
« Tu pars, cher ami, bon voyage !
« Reviens au plutôt, je t'attends,
« Bien triste, au quatrième étage. »